Is liomsa an leabhar
Walker Éireann seo:

_____

_____

_____

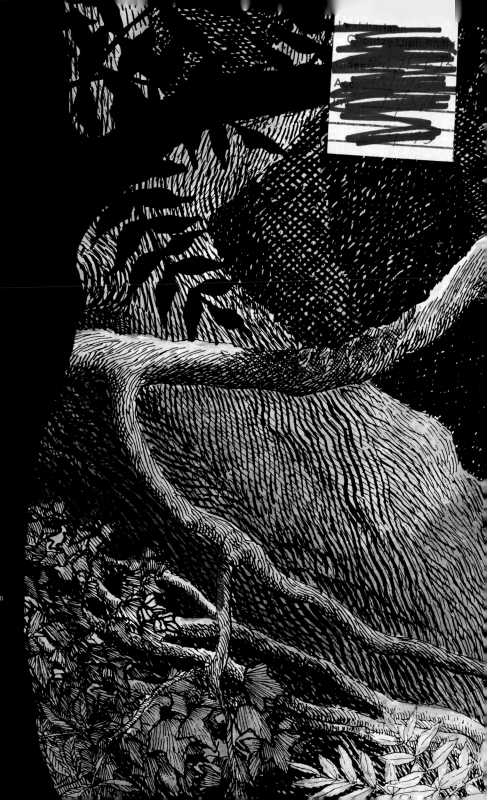

Do Hannah,
léi féin ar fad
M.W.

Do Georgie agus
do Eddie Huntley
P.B.

Walker Books a cheadfhoilsigh faoin teideal Owl Babies

Eagrán Béarla
Téacs © 1992 Martin Waddell
Obair ealaíne © 1992 Patrick Benson

Leagan Gaeilge © 2012 Walker Éireann

10 9 8 7 6 5 4 3 2 1

Arna fhoilsiú le tacaíocht ó Fhoras na Gaeilge

Clóchurtha in Caslon Antique ag WorldAccent

Sa tSín a clóbhuaileadh

Sonraí Catalógaithe le linn Foilsiú: tá catalog le haghaidh
an leabhair seo ar fáil ó Leabharlann na Breataine

ISBN 978-1-4063-4112-6

Walker Éireann, Walker Books Ltd,
87 Vauxhall Walk, London SE11 5HJ

www.walker.co.uk

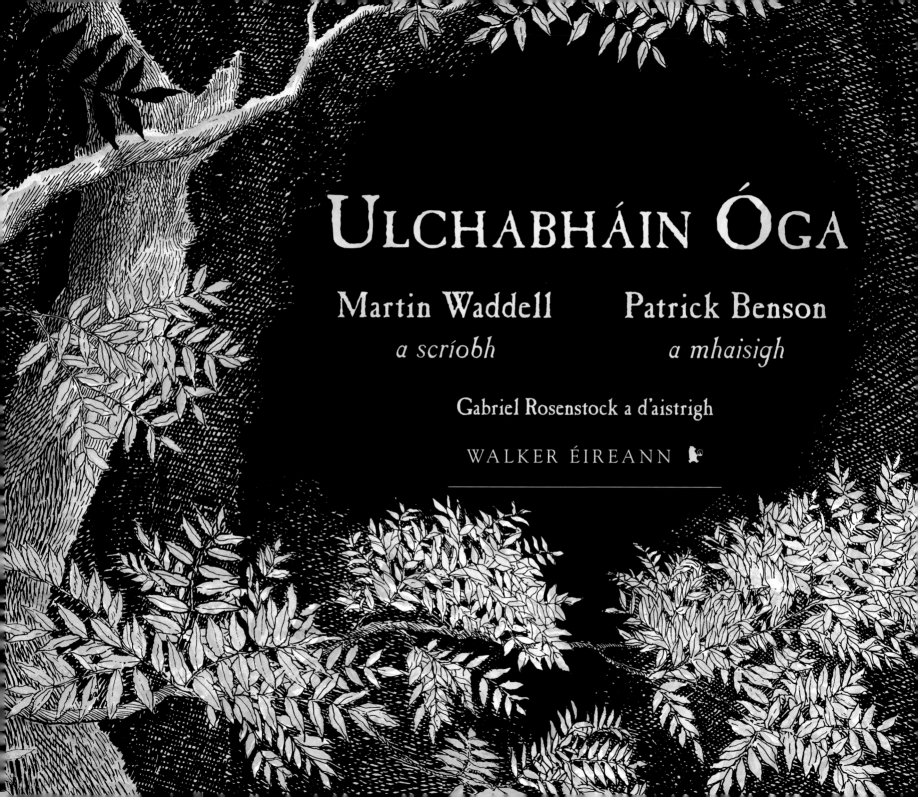

ULCHABHÁIN ÓGA

Martin Waddell
a scríobh

Patrick Benson
a mhaisigh

Gabriel Rosenstock a d'aistrigh

WALKER ÉIREANN

Bhí trí ulchabhán óga ann uair amháin: Sorcha, Peadar agus Dónall. Bhí cónaí orthu i bpoll a bhí i gcrann, iad féin agus Mamaí Ulchabhán. Bhí cipíní sa pholl, duilleoga agus cleití ulchabháin. Ba é a mbaile é an poll sin.

Oíche amháin dhúisigh siad
agus bhí Mamaí Ulchabhán IMITHE.
"Cá bhfuil Mumsaí?" arsa Sorcha.
"A thiarcais!" arsa Peadar.
"Tá mo mhamaí uaim!" arsa Dónall.

Thosaigh na héin óga ag *smaoineamh*

(is maith le hulchabháin

a bheith ag smaoineamh) –

"Ag seilg atá sí is dóigh liom," arsa Sorcha.

"Chun bia a fháil dúinn!" arsa Peadar.

"Tá mo mhamaí uaim!" arsa Dónall.

Ach níor tháinig Mamaí Ulchabhán.
Tháinig na hulchabháin óga
amach as an teach,
shuigh siad síos
agus iad ag feitheamh.

Bhí géag mhór ann do Shorcha, géag bheag do Pheadar, agus seanphíosa eidhneáin do Dhónall. "Beidh sí ar ais," arsa Sorcha. "Go *luath*!" arsa Peadar. "Tá mo mhamaí uaim!" arsa Dónall.

Bhí sé dorcha sa choill agus bhí
orthu a bheith cróga, mar bhí rudaí
ag *bogadh* ina dtimpeall.

"Tabharfaidh sí lucha abhaile léi,
lucha beaga boga blasta," arsa Sorcha.

"Is dócha é!" arsa Peadar.

"Tá mo mhamaí uaim!" arsa Dónall.

Shuigh siad agus smaoinigh siad

(is maith le hulchabháin

a bheith ag smaoineamh) –

"Ba cheart dúinn go léir

suí ar *mo ghéagsa*," arsa Sorcha.

Agus shuigh, an triúr acu le chéile.

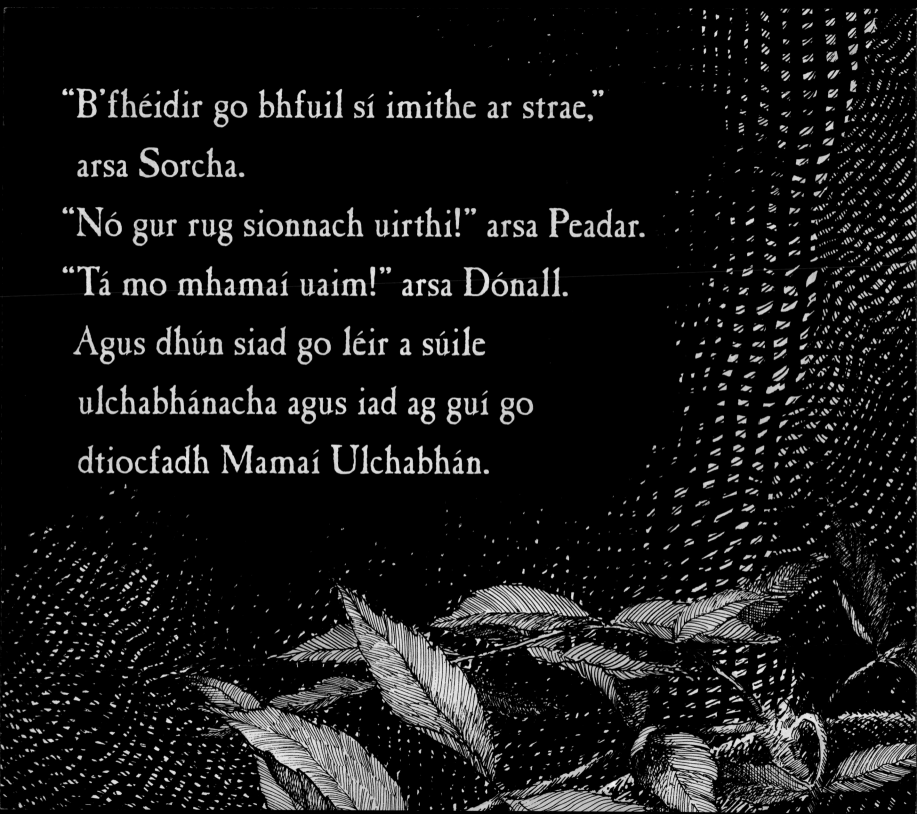

"B'fhéidir go bhfuil sí imithe ar strae,"
arsa Sorcha.

"Nó gur rug sionnach uirthi!" arsa Peadar.

"Tá mo mhamaí uaim!" arsa Dónall.

Agus dhún siad go léir a súile
ulchabhánacha agus iad ag guí go
dtiocfadh Mamaí Ulchabhán.

AGUS THÁINIG SÍ.

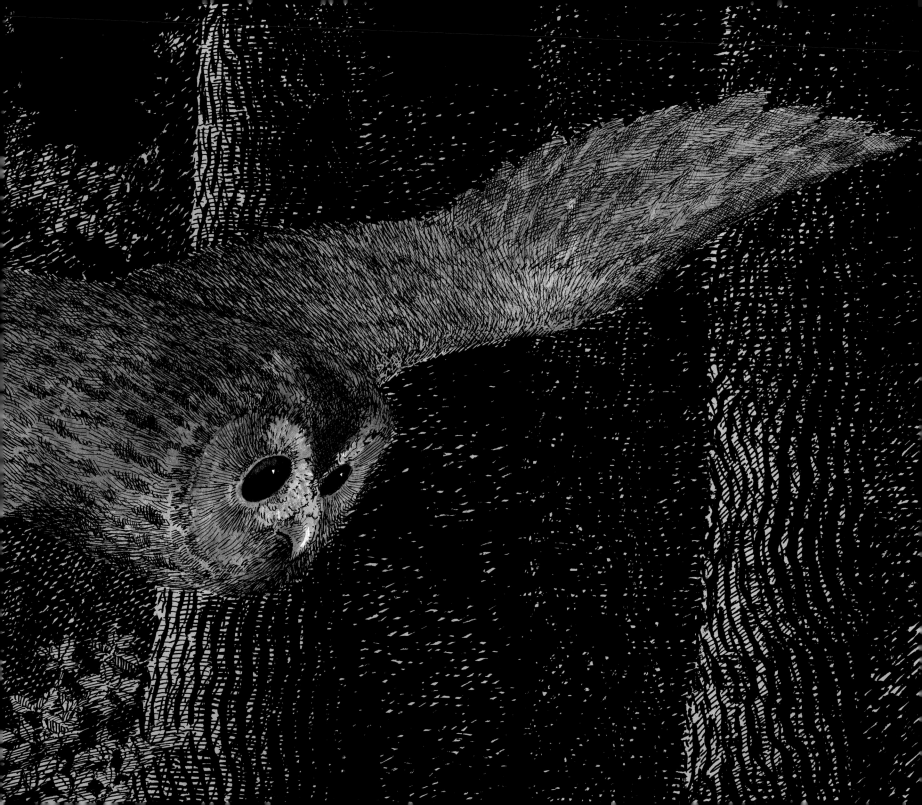

Sheol sí chucu go séimh
trí na crainn,
chuig Sorcha, chuig Peadar
agus chuig Dónall.

"A Mhumsaí!" ar siad,
agus ghread siad a gcuid sciathán
agus dhamhsaigh siad, agus
phreab suas síos ar an ngéag.

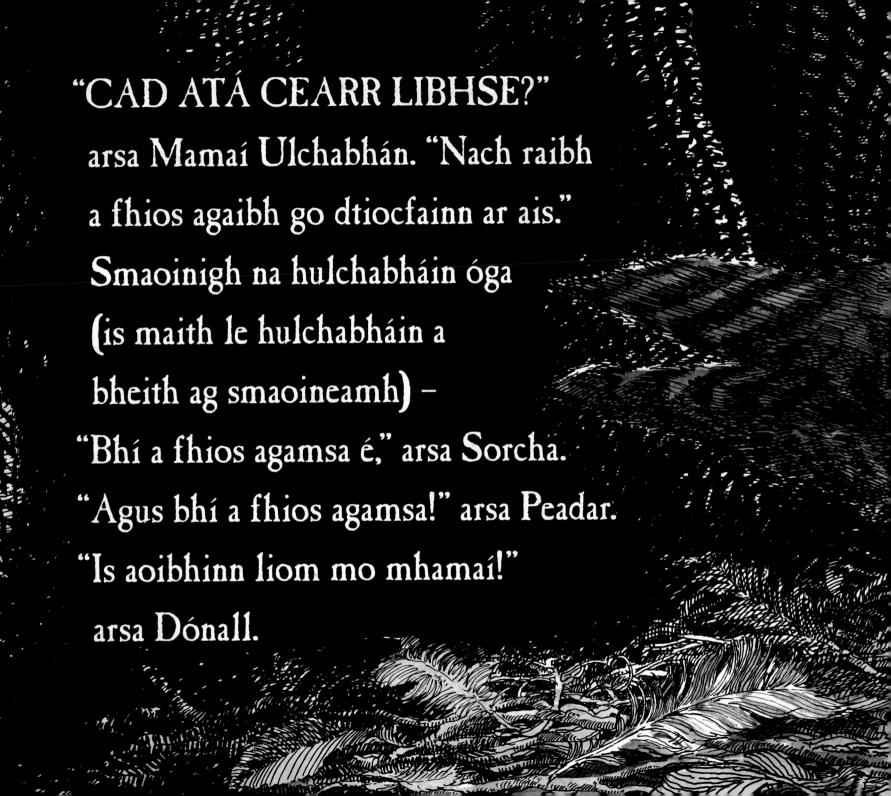

"CAD ATÁ CEARR LIBHSE?"
arsa Mamaí Ulchabhán. "Nach raibh
a fhios agaibh go dtiocfainn ar ais."
Smaoinigh na hulchabháin óga
(is maith le hulchabháin a
bheith ag smaoineamh) –
"Bhí a fhios agamsa é," arsa Sorcha.
"Agus bhí a fhios agamsa!" arsa Peadar.
"Is aoibhinn liom mo mhamaí!"
arsa Dónall.